JN213118

星空としょかんの青い鳥

小手鞠るい 作　近藤末奈 絵

小峰書店

もくじ

登場《とうじょう》人物
紹介《しょうかい》

前原《まえはら》なずな
まさのりとまりあの姉。動物好《す》きで、しっかり者の中学二年生。

前原《まえはら》まりあ
本と空想が大好《だいす》きで、国語と作文が得意《とくい》な小学六年生。

森野《もりの》つぐみ
前原《まえはら》きょうだいたちと暮《く》らす小学三年生。かってる猫《ねこ》のなまえはミーシャ。

前原《まえはら》まさのり
小学五年生。元気いっぱいで明るい性格。でもほんとうは……。

ルナママ
家族をなくした子どもたちのお世話をしている、世界一やさしい人。

星空としょかんのおにいさん
サンタクロースにも、ロミオにもなれる不思議な人。物語のまほうつかい。

星空としょかんの青い鳥

チューリップのひみつ

あたらしい春がやってきた。

花だんのチューリップのつぼみたちが、ほんのり赤く染《そ》まっている。

小さなつぼみが出てきたばかりのときには、緑色だった。

だんだん大きくなってくるにつれて、緑色から少しずつ、赤色に変わってきた。

あしたは、きょうよりも、もっと赤くなるのかな。

両方《りょうほう》の手のひらを合わせて、合わせたまま卵型《たまごがた》にしたら、チューリップのつぼみの形になる。

わたしはチューリップが大好《だいす》き。

とくに、赤いチューリップが好《す》き。
あの、つぼみのなかには、何が隠《かく》されているのかな。
わたしが隠《かく》しているようなひみつを、チューリップも隠《かく》しているのかな。

見上げた空は、明るい水色。
ほおをなでていく風は、ふんわりとあたたかい。
雲もお日さまも、にっこり笑《わら》っている。
ついこのあいだ、わたしは小学三年生になった。
庭の木や、花たちも、いっせいに、冬のコートから春のコートに着がえた。
きょうは土曜日。
土曜日の午後は、みんなといっしょに星空としょかんへ行く。

「行ってらっしゃい、気をつけてね」
ルナママが玄関《げんかん》で、わたしたちを見送ってくれる。
「行ってきまーす」と、なずなちゃん。
「行ってくるね」と、まりあちゃん。
「行ってくる」と、わたし。
ふたりは、わたしのおねえちゃん。とってもとっても頼《たよ》りになる、わたしの大親友。

なずなちゃんは中学二年生。
気はやさしくて、力持ち。
動物が大好《だいす》き。
英語《えいご》が得意《とくい》。
犬のマルコと猫《ねこ》のミーシャのことばと会話も理解できる。

まりあちゃんは小学六年生。

本を読むのが大好《だいす》き。

お話を作るのもうまい。

気が強くて、鼻息が荒《あら》い。

男子とけんかをしても、負けない。

しょうらいは、作家になるんじゃないかな。

まりあちゃんなら、なれる。わたしはそう思う。

だって、まりあちゃんのお話は、おいしくて何個《なんこ》でも食べたくなるケーキみたいなんだもん。


きょうだいは、もうひとりいる。

「行ってくるけど、きょうのおやつは何？」と、まさのりくん。

「ひ・み・つ」

ルナママはウィンクをする。

「あ、わかった！」

まさのりくんも、ぱちっとウィンクをかえす。

このごろでは、わりとじょうずに、ウィンクができるようになっている。

なずなちゃんによると「片目《かため》じゃなくて、両方《りょうほう》の目をぎゅっと閉《と》じるのが、まあくんスタイル」だった。

わたしは、まあくんスタイルのウィンクも好《す》きだったなぁ。

わたしにも、きょうのおやつはなんなのか、わかった。

ルナママが「ひ・み・つ」って答えたら、それは、チョコレートチップクッキーに決まってる。

クッキーのなかから、チョコレート以外《いがい》の何かが出てくる。

その「何か」がクッキーの「ひみつ」ってこと。

アーモンドの日もあれば、くるみの日もあるし、レーズンの日もある。

「わあ、何かな、なにかな、ナニかなー本日のひーみーつー」

歌うように、まさのりくんは言う。

まさのりくんは小学五年生。

わたしのおにいちゃん、ってことになるんだけど、ときどき、もしかしたら、おとうとなのかなぁって思えることもある。

だって、とってもかわいいから。

だから、まさのりくんが泣《な》いているとき、わたしはやさしく、なぐさめてあげる。

おねえちゃんみたいに。

わたしの家族と夢《ゆめ》

二年前から、わたしは、なずなちゃん、まりあちゃん、まさのりくんといっしょに暮《く》らしている。

きょうだいは、ほかにもいるけれど、わたしたち四人は同じ部屋で暮《く》らしているから、とくに仲《なか》がいい。

おとうさんも、おばあちゃんも、死んでしまったとき、わたしのママになってくれたのは、ルナママだった。

ルナママは世界一すてきな、わたしのおかあさん。

小二の三学期に「わたしの家族」という題名《だいめい》の作文を書いた。

一行目は、

【わたしのママはルナママで、わたしには三人のきょうだいがいます。】

で始まる。

先生は、国語の授業中《じゅぎょうちゅう》、わたしの作文を読み上げて、

「すごくよく書けています。ママと、それぞれのきょうだいのようすが、生き生きと伝わってきます」

と、ほめてくれた。

でも、クラスのある子から、こんな感想を言われた。

「森野《もりの》さんの家族は、ほんとうの家族じゃないと思います」

あのときは、心臓《しんぞう》がどきっとした。

悲しかった。泣《な》きたくなった。

まだ、家族には話していない、話せない、これがわたしのひ・み・つ。

ほんとうの家族じゃないって、どういうことなんだろう。

ほんとうじゃなかったら、うそってこと？


「ねえ、なずなちゃん」

星空としょかんへ向かって歩いていきながら、となりにいるなずなちゃんに、そっと声をかけてみる。

「なぁに？」

「ううん、なんでもない」

やっぱり言えないよ、わたしのひみつ。

まりあちゃんとまさのりくんは、わたしたちのうしろから歩いてくる。

まさのりくんは、ときどき立ち止まって、空の雲をながめている。

「くじらだね」と、まりあちゃん。

「いや、あれは宇宙船《うちゅうせん》だ」と、まさのりくん。
「巨大《きょだい》なパウンドケーキ！」
「つぐみちゃんは、何を見てもお菓子《かし》に見えるんだから」
なずなちゃんはそう言って、笑《わら》った。
としょかんの前まで来ると、
「じゃあ、またあとで、むかえに来るからね」と、なずなちゃん。
「ロミオさまによろしくね」と、まりあちゃん。
「あれ、ネロさまじゃなかったっけ」と、まさのりくん。
「サンタだよ」と、わたし。
三人に手をふって、ひとりでとしょかんへ。
なずなちゃんとまりあちゃんは、としょかんのとなりにあるビルへ。
まさのりくんは、そのとなりのとなりのおうちへ。

なずなちゃんは英語《えいご》教室へ、まりあちゃんはスイミングスクールへ。

まさのりくんは、ルナママの友だちの画家から、絵を習っている。

ああ、うらやましいな。わたしも早く、習いに行きたいな。

来年、四年生になったら、ルナママといっしょに、お菓子《かし》とパン作りの教室へ通わせてもらう約束《やくそく》をしている。ああ、楽しみ。待ち遠しい。

ひとりでお菓子《かし》が作れるようになったら、まだ作ったことのないケーキを作ってみたい。たとえば、こんなパウンドケーキ。

茶色のパウンドケーキを焼《や》いて、上から白いクリームをぬって、その上に、バナナと、いちごと、キウイと、ブルーベリーを飾《かざ》ったら、春色パウンドケーキのできあがり。

わたしは、大きくなったら、パティシエになりたい。パティシエは、ケーキや、パイや、タルトや、クッキーや、とにかくいろんなお菓子《かし》を作る人。

いつだったか、ルナママは言っていた。
「お菓子《かし》を作るってことは、
夢《ゆめ》を作るってこと」
そのとおりだなって、わたしは思った。
わたしは、夢《ゆめ》を作る人になりたい。
夢《ゆめ》はきっと、だれかを
幸せにすることができると思うから。
だれかって、だれだろう。
きっと「みんな」ってことなのかな。

星空としょかんのおにいさん

「こんにちはー」

大きな声であいさつをして、わたしは星空としょかんへ入っていく。

朝でも、昼でも、雨ふりの日でも、くもりの日でも、このとしょかんには、星がいっぱい出ている。

本棚《ほんだな》にならんでいる、たくさんの本、本、本。

その一冊《さつ》一冊《さつ》が「星」だから。

一冊《さつ》一冊《さつ》の本のなかでは、物語の星がきらめいているから。

このことを教えてくれたのは、星空としょかんのおにいさん。

そう、このとしょかんにも、わたしのおにいさんがいる。

わたしにとっては、サンタのおにいさん。


カウンターの向こうから、おにいさんの声が聞こえてくる。

「おお、これはこれは、つぐみさま。ようこそ、毎度、いらっしゃいませー」

なんだか、レストランのお客さまをおむかえしているみたい。

サンタのおにいさんは毎年、クリスマスの季節《きせつ》になると、サンタクロースのかっこうをして、わたしたちに、プレゼントを届《とど》けに来てくれる。

わたしは去年、パンダのぬいぐるみをもらった。

でもそれは、なずなちゃんへのプレゼントだった。

なずなちゃんは『チーズケーキのだいぼうけん』という絵本をもらった。

その絵本は、わたしへのプレゼントだった。

サンタのおにいさんは、いろんなことを、よく、まちがえる。

まりあちゃんは「まぬけロミオ」って呼《よ》んでいる。

としょかんでの仕事のほかに、演劇《えんげき》の役者の仕事もしていて、なずなちゃんのためには『フランダースの犬』のネロに、まりあちゃんのためには『ロミオとジュリエット』のロミオに、まさのりくんのためには謎《なぞ》の翻訳家《ほんやくか》になってくれたこともあるという。

謎《なぞ》の翻訳家《ほんやくか》になったときには、まさのりくんが日本語で書いた手紙を、フランス語に翻訳《ほんやく》して『星の王子さま』の作者に届《とど》けてくれたんだって。

すごいなぁ。

いつか、わたしのためにも、何かになってくれたらいいな。

何かって、なんだろう。

たとえば、わたしの「ほんとうのおにいちゃん」になってくれるとか？

「つぐみさまの特別席《とくべつせき》、ちゃんと、あけてあるからね」

土曜の午後、おにいさんはいつも、わたしのために、としょかんの奥《おく》のほうにある読書室の窓《まど》のそばのテーブルを「特別予約席《とくべつよやくせき》」として、用意してくれている。

やっぱり、レストランみたい。

本棚《ほんだな》から少し離《はな》れているせいか、そのあたりにはいつも、人があんまりいない。

とても静《しず》かなテーブル。

本とわたし、ふたりきりで過《す》ごすことができる。

さて、きょうは、どんな本を読もうかな。

さあ、さがしに行こう。

いつだったか、おにいさんは言っていた。

「本との出会いはね、星との出会いなんだよ。つぐみちゃんのために、きらりと輝《かがや》くタイトルが目に飛びこんできたら、その本を読めばいい」

「輝《かがや》かなかったら、どうすればいいの」

「だいじょうぶ、ぜったいに輝《かがや》いてくれるから」

「ほんと？」

「拙者《せっしゃ》はうそは申《もう》しませぬ」

あの日、おにいさんはお侍《さむらい》さんになっていた。

本棚《ほんだな》から本棚《ほんだな》へ、歩いてまわりながら、まるで友だちをさがすようにして、わたしは本をさがす。

わたしが本をさがしているんじゃなくて、本がわたしをさがしてくれているのかもしれないな。

一冊《さつ》一冊《さつ》の本にはきっと「この子に読んでもらいたい」って子が、いるのかもしれないな。

本がわたしを見つけて「ああ、この子だ」って思って、きらりと輝《かがや》いてくれたら、わたしはその本を棚《たな》から抜《ぬ》きとって、テーブルまで持っていく。

それから本をひらく。

本にあいさつをする。

はじめまして、こんにちは。

あなたに会えて、うれしいです。

すると、本も答えてくれる。会えて、うれしいよって。

それから、こう言ってくれる。

ようこそ、物語の星へ。

一年間のプロジェクト

ところが、どうしたことだろう。

きょうは、なかなか「きらり」に出会えない。

ぐるぐる、歩きまわっているのだけれど、わたしの星に出会えない。

それはきっと、わたしがさっきから、ぐるぐるぐるぐる、別のことを考えているせいだろう。

何を考えているのかというと、それはきのう、担任《たんにん》の先生から出された、ある課題《かだい》について。

宿題じゃなくて、課題《かだい》。

ホームワークじゃなくて、プロジェクト。

どこがどう、ちがうのかというと、宿題は毎日、出されるものだけれど、課題《かだい》はもっと大きくて、もっと長くて、もっと深いもの。

大きくて、長くて、深い、何かひとつのこと。

先生は言った。

「みんなに課題《かだい》を出します。これから一年間をかけて、何かひとつのことに取り組んでください。何かひとつのことを一年間、つづけるってことです。毎日じゃなくてもいいです。毎週でも、毎月でもいいから、とにかく何かひとつのことを、小学三年生の一年間、つづけて、やってみましょう。たとえば、お花の水やりでもいいし、たとえば、『一日一善《いちぜん》』でもいいし、たとえば、一日にひとつ、英語《えいご》の単語《たんご》を覚《おぼ》えるとか、そんな小さなことでもいい。来週のクラス会で、みんなが何をやることに決めたか、発表してもらいます」

先生の話が終わったあと、教室のなかはざわざわしていた。

みんな「わあ、どうしよう」「できるかな、そんなこと」「何をすればいいのかな」って、思っていたんじゃないかな。

わたしも思っていた。

一年間、ずっと、何かをやりつづけるなんて、できるかな、そんなこと。

家に帰って、課題《かだい》のことをみんなに話すと、まりあちゃんは言った。

「なぁんだ、かんたんじゃない？　一年間、本を読んだらいいんだよ。いろんな本を読めばいい。あたしといっしょに読めばいい。ね、かんたんでしょ」

「う~ん、むずかしいよ、それは」

まりあちゃんは、本を読むのが大好《だいす》きだから、ごはんを食べるのと同じように、毎日、本を読むことができる。

わたしには、できない。

それに、わたしは本を読むのが遅《おそ》いから、とちゅうでいやになることもある。

なずなちゃんは言った。

「マルコとミーシャと、毎日、お話しして、犬語と猫語《ねこご》をマスターするっていうのは、どうかな。グッド・アイデアでしょ」

まりあちゃんは大笑《おおわら》いした。

「最高だよ。最高けっさくだ」

「できないよ、そんなこと。最高でもグッドでもないよ」

わたしはもちろん、うちで飼《か》っているマルコと、わたしがここに連れてきたミーシャが大好《だいす》きだけど、犬語と猫語《ねこご》なんて、できそうもない。

「まさのりくんなら、何をする？」

たずねると、こんな答えが返ってきた。

「毎日、空に出ている雲の絵をかく。そうすると、一年後には、三百六十五個《こ》の

雲の画集ができるよ」

それはすごい！

そんな画集があったら、見てみたい。

三百六十五個《こ》の雲がぜんぶ、お菓子《かし》の形だったら、最高だろうな。

でも、それは、まさのりくんが絵をかくのが得意《とくい》だから、できること。

わたしにはできない。わたしは、絵をかくのは苦手《にがて》。

「ルナママなら何をする？」

キッチンで、ココナッツマカロンの材料《ざいりょう》を取り出そうとしているルナママに、たずねてみた。

「そうね、わたしは毎月、詩を書く。そうすると、一年後には」

「十二編《へん》の詩集ができる！」

すてき！

ああ、でもだめだ。

やっぱりだめ。わたしには、詩を書く才能《さいのう》なんて、ない。

まりあちゃんなら、できるかもしれないけれど。


けっきょく、きらりと光るお星さまを見つけられないまま、わたしはすごすごと、特別席《とくべつせき》に戻《もど》った。

英語《えいご》と犬語と猫語《ねこご》の得意《とくい》な、なずなちゃん。

本を読むのが大好《だいす》きな、まりあちゃん。

絵をかくのがじょうずな、まさのりくん。

詩を書くのが好《す》きな、ルナママ。

きっと、好《す》きで、得意《とくい》なことだから、つづけられるのだろう。

わたしには、何ができるだろう。一年間つづけて。

小さな小さな大発見

「おや？　つぐみ殿《どの》。おぬし、いかがいたしたのでござるか」

窓辺《まどべ》の特別席《とくべつせき》に座《すわ》ったまま、本も読まないで、ぼーっと考えごとをしていると、背中《せなか》のほうから、時代劇《じだいげき》の台詞《せりふ》が聞こえてきた。

ふりかえると、おにいさんが立っていた。

「はい、本日はまだ、きらりと光る本が見つからないのでございます」

わたしも、時代劇《じだいげき》のお姫《ひめ》さまになったつもりで答えた。

おにいさんは「にこっ」と笑《わら》った。

「にかっ」かもしれないな。

何かまた、おもしろいことを思いついたのかな。

サンタのおにいさんは、人をびっくりさせたり、笑《わら》わせたりするのが得意《とくい》だから。

「では、つぐみ殿《どの》に、拙者《せっしゃ》の、とっておきの大発見をお教えいたしましょうぞ」

「へえっ？　とっておきの？　大発見？」

「そうでござる」

「なんなの、それは、どんな発見？」

「さあさ、こちらへ、そっと、そーっと、そそーっと、足音を忍《しの》ばせて」

おにいさんは忍《しの》び足で、窓《まど》のはしっこのほうまで歩いていった。

窓《まど》の向こうには、中庭が広がっている。

わたしも立ち上がって、おにいさんのそばまで進んでいった。

おにいさんは、窓《まど》に顔をくっつけるようにして、ななめ上のほうを見ている。

「ほら、あそこ、あそこでござるよ。見えまするか」

「え？　どこ？　何？　何が見えるの」

わたしもおにいさんのまねをして、窓《まど》にほおをよせ、おにいさんの見ているほうを見てみる。

つぎのしゅんかん、

「ああっ！」

わたしは声をあげた。

「しーっ」

おにいさんは、人さし指をくちびるに当てている。

「大きな声を出してはなりませぬ」

「ごめんなさい」

ここはとしょかんだから、大きな声を出してはいけない。

理由はそれだけじゃなかった。

「あれって、小鳥のおうちなのかな」

「そのとおりでござりまする」

わたしは小さな声で、つぶやいた。

「小さいね、あんなに小さいんだね」

「これぞ小さな小さな小さな大発見でござろう」

ささやくように、わたしは答えた。

「ほんとにほんとに、そうでござるね」

泥《どろ》とわらのようなもので作られた、おわんの形をしている巣《す》。

なかには、親鳥がいるのかな。

いるとしたら、きっと、卵《たまご》をあたためているのだろう。

だから、大きな声を出して、親鳥をびっくりさせてはいけない。

その日、わたしはとしょかんで
『なんでもわかる小鳥のずかん』を
借りて帰った。
この本が、わたしの
「本日のきらり」だった。
光るずかんを見ているうちに、
ひとつ、発見をした。
発見したのは、
一年間のプロジェクトのテーマ。
大きな大きな大発見。

わたしの日記

日曜日、わたしはなずなちゃんといっしょに町の文房具《ぶんぼうぐ》屋さんへ出かけて、おこづかいで、一冊《さつ》のノートを買った。

子ども用のノートじゃなくて、これは大人用のノート。

赤い表紙に、チューリップの、きれいなもようがついている。

チューリップのそばには、青い小鳥のイラスト。

そして、金色の文字で大きく「My Diary」と書かれている。

まるで、刺繍《ししゅう》されたような美しい文字。

「これって、どういう意味？」

なずなちゃんにたずねると、すぐに教えてくれた。

「わたしの日記。ダイアリーって読むんだよ」

うん、これしかない、と思った。

これから一年間、あの小鳥の巣《す》と、小鳥たちのようすを観察《かんさつ》して、日記を書く。

これがわたしのプロジェクト。小鳥の観察《かんさつ》日記。

プロジェクト名は「つばめとつぐみのダイアリー」——。

としょかんの軒下《のきした》に巣《す》を作っていた小鳥が「つばめ」だってことは、ずかんで確認してあった。

つばめは毎年、春になると、東南アジアから日本へやってきて、巣《す》を作り、卵《たまご》をあたため、ひな鳥を育てるという。

どこかの国から日本へ渡《わた》ってくる、つばめは渡《わた》り鳥。

月曜日に教室で発表したら、先生も友だちもみんな拍手《はくしゅ》してくれた。

「つぐみちゃんがつばめの観察《かんさつ》をするなんて、かっこいい！」

「そのノートも、外国の本みたいでかっこいいね」

「絵もかくの？」

「写真も、とって、貼《は》りつけたらどうかな」

そんなふうに、みんなが興味《きょうみ》を持ってくれたことが、とてもうれしかった。

「つばめって、冬はどうしてるのかな」

「同じ巣《す》で生まれ育った子たちは、ずっときょうだいってこと？」

「一年が過《す》ぎたら、また同じ巣《す》に戻《もど》ってくるのかな」

わたしもその答えが知りたいと思った。

一年間のプロジェクト
My Diary

きょう、わたしはとしょかんへ行って、すを見てみました。

すを発見してから一週間がすぎましたが、変化は何もありません。

おととい、雨がふっていたので、つばめたちはどうしているかなと、すごく心配だったけど、すは、雨がかからない場所に作ってあるので、だいじょうぶだったみたいです。

それから、わたしはいつものように、まどべから、すを見てみました。

親鳥をびっくりさせないように、そっと、そーっと、足音を立てないで、まどのそばまで行きました。

親鳥はずっと、すのなかにいます。ときどき、体の向きを変えています。

何か考えごとをしているのかな、まぶたをとじています。

でも、ときどき、ぱっとあけて、あたりのようすを見ています。

つばめの目は、小さなボタンみたいで、すごくかわいいです。

としょかんのししょのおにいさんは、わたしに、おしえてくれました。

「じつはね、親鳥のいないすきをねらって、二階の書庫のつくえの上に上がって、こっそり、そうがんきょうでのぞいてみたらさ、たまごが五つ、入っていた。すごく小さなたまごだったよ」

五つということは、五人きょうだいです。わたしたちよりもひとり多いです。

つばめのすは、とても小さいのです。あんな小さなすに、五つもたまごが入っているなんて、わたしはびっくりしました。

つばめは、いっぺんに五わのつばめの子を育てるのです。すごいなあ。

ルナママはもっと多くの子どもたちのママだから、もっとすごいです。

つばめのたまご、いつ、かえるのでしょうか。

お誕生日《たんじょうび》、おめでとう

こうして、つばめとつぐみのダイアリーは、スタートした。

まりあちゃんは、わたしの書いた文章を読んで、わかりにくいところや、まちがっているところを直してくれた。

まさのりくんは、さし絵をかいてくれることになった。


きょう、たまごがかえりました。というか、かえったみたいです。

ひなたち、おたんじょう日おめでとう！

あ、たまごがうまれたときが、おめでとうなのかな。

それとも、たまごがかえったときなのかな。

かえったところを見たわけではありませんが、親鳥がひんぱんに、すから出ていって、それからすぐに、もどってくるようになりました。

きっと、ひな鳥にあげるためのえさを取りに行っているのだと思います。

ひな鳥のすがたは、まだ、見えません。

ほんとに五わ、いるのかなあ。

ずかんを読んで、しらべてみたら、親はたまごを一日に一こずつ、うむそうです。ということは、五日間をかけて、五わの子どもが生まれることになります。

つばめのおかあさん（おとうさんも、ときどきやってきます）いそがしいなあ。

つばめのおとうさんは、おかあさんに食べ物を運んできているようです。

なかよしみたいです。

はえ、とんぼ、あぶ、ありなどをあげているそうです。

あんまりおいしそうではないけれど、えいようは、ありそうです。

つばめはとても頭のいい鳥です。

なぜなら、すの近くには、かえでの木が立っていて、えだを広げているから、すは、としょかんのなかからは見えても、外からは見えないのです。

見えないから、てんてきのからすなどに、たまごやひなを持っていかれることはないようです。からすのようなてんてきは、つばめのたまごやひなを食べてしまいます。

ねこも、つばめのてんてきなんだって！　知りませんでした。ミーシャがつばめのてんてきだったなんて。


つばめが卵《たまご》をあたためていたのは、だいたい二週間《しゅうかん》くらいだった。

卵《たまご》からひながかえって、親鳥が一生けんめい、えさを運んでいたのは、だいた

い三週間くらいだったかな。

毎日、見ていたわけではないけれど、としょかんへ行ったときには、おにいさんがそれまでのようすを教えてくれたから、わたしはその話と、自分の目で見たことの両方《りょうほう》を、ダイアリーに書いた。とても楽しかった。

小さな巣《す》から頭をのぞかせている、ひな鳥五羽《わ》が見えるようになってからは、ますます楽しくなった。まるで「生きている絵本」を読んでいるようだった。

観察《かんさつ》することも、それを日記に書くことも、同じくらい楽しかった。


「そろそろすだちが近いようだ」

ししょのおにいさんがそう言ったので、わたしは土曜日まで待てなくて、金曜日にも、としょかんへ行ってみました。

えさをあげる回数がふえて、ひっきりなしに、親鳥がすに帰ってきます。

おすもめすも、やってきます。めすは小さな虫をくわえていますが、おすはぎょっとするほど大きな、とんぼみたいな虫をくわえています。

親がすにやってくると、子どもたちは、首をせいいっぱいのばして、口を大きくあけて「ちょうだい」「ちょうだい」と、えさをねだっています。

そのとき、ひなたちは、鳴き声を出しています。しゃーしゃーというか、ひーひーというか、そんな声です。きっと、おなかをすかせているのでしょう。

金曜日の午後は、まだみんな、すのなかにいました。

土曜日は、朝からとしょかんへ行きました。

朝の九時。としょかんがあく時間は十時ですが、ししょのおにいさんは「九時に来てもいいよ」と言ってくれたので、まりあちゃんといっしょに行きました。

さようなら、行ってらっしゃい

ゆうべは雨がふっていたけれど、今朝《けさ》はすっきり晴れ上がって、どこまでも、どこまでも青い、空が広がっている。

おにいさんのほかには、だれもいないとしょかんへ、まりあちゃんとふたりで入っていって、つばめの巣《す》を見た。

巣《す》のまわりはしーんとしていたので、

「あれ？　もう、巣立《すだ》ってしまったのかなぁ」

「もっと早く来ればよかったね」

なんて言い合っていると、どこからか、しゅーっ、と親鳥が飛んできた。

すぐに、もう一羽《わ》の親鳥も、ひゅん、と飛んできた。

すると、巣《す》のなかから、いっせいに首がのびて、のびたかと思うと、ぱぁっと外に飛び出してきた子がいた。

その子のすがたを目にして、わたしもまりあちゃんも、びっくりした。

「わあ、もうすっかり大人だね」

「ほんとだ、いつのまにか、こんなに大きくなってたんだ」

「まほう！」

「つばめのまほう！」

わたしたちは、大きな驚《おどろ》きを、小さな声でささやき合った。

「いかがでございますか。そろそろ、巣《す》立《だ》ちかな」

おにいさんもやってきた。

「まだでございます。しかし、巣立《すだ》ちは近いようでございます」と、まりあちゃん。

それから五分も経《た》たないうちに、

「ああっ、飛んでった！」

「今の、見た？」

「見た見た、見たよー」

「見たねー」

あとからあとから、つぎつぎに、一羽《わ》、また一羽《わ》と、巣《す》から飛び立っていく。

最後の子は、けっこう小さかったけれど、それでも翼《つばさ》を広げて、勇《いさ》ましく、大空へ向かって、羽《は》ばたいていった。

行ってらっしゃい。

一個《こ》の、小さな小さな卵《たまご》から生まれた、たくましい生命《せいめい》。

さようなら、また、どこかで会えるかな。
会えるといいな。

わたしたちは手を取り合って、小鳥たちを見送りました。さようなら、行ってらっしゃい、と、声をかけました。小鳥たちはこれから、どこで、どんな生活を送るのでしょう。つばめは、一回めの子育てを終えると、二回めの子育てを、同じすか、新しいすで、することがあるようです。秋になると、日本からとうなんアジアへ、みんなでいっしょにもどっていくそうです。つばめのファミリー全員で、もどっていくそうです。

つばめファミリーをこれからも、おうえんしたいと思います。もしも、二回めの子育てが始まったら、日記のつづきを書こうと思います。

七月。巣《す》はずっと、からっぽのままだった。

わたしは、小鳥のすがたを見かけるたびに、それがつばめかどうか、はっきりわからなくても「あの子は、としょかんの子かもしれないな」と、思うようになっていた。

日記のつづきには、ほとんど毎日、どこかで見かけた小鳥について、書いた。

いろんな色、いろんな形、いろんな鳴き声の小鳥がいる。

小鳥といえば、茶色か灰色《はいいろ》か、それに白がまじっているくらいだと思っていたけれど、頭だけが赤い鳥や、きみどり色の鳥や、黄色い鳥もいる。目のまわりに白い輪《わ》がついている子もいる。

大きさだっていろいろ。羽《はね》の形もいろいろ。飛び方もいろいろ。

日記を書き始めてから、小鳥に対する見方が変わった。

それまでは、小鳥一羽《わ》一羽《わ》に個性《こせい》があって、性格《せいかく》がある、なんてこと、あんまり思っていなかった。
でも今は、こう思うようになった。
どんなに小さな生命《せいめい》にも、
それぞれに、個性《こせい》と性格《せいかく》がある。
ルナママは、学生時代に
アメリカに住んでいたころ、
ブルーバードという青い鳥と、
ブルージェイという青い鳥を
見たことがあるという。
青い鳥。
わたしもいつか見てみたいな。

涙《なみだ》のホームステイ

夏休みが近づいてきた、ある日のこと。

「つぐみちゃん、話があるの。あとで、わたしの部屋に来てくれるかな」

朝ごはんのあと、ルナママから声をかけられた。

ルナママの表情《ひょうじょう》は、いつもと変わりなくて、声も言い方もやさしかったから、きっといい話なんだなって、わたしは予想していた。

どんな、いい話なんだろう。

もしかしたら、お菓子《かし》とパン作りの教室に、二学期から通えることになったとか？

そうだといいな。

きっと、そうに違《ちが》いない。

予想は、はずれた。

完全に、はずれた。

予想もしていなかった話が飛び出してきた。

「夏休みにね、つぐみちゃん、ホームステイに行ったらどうかな」

「えっ、ホームステイって、どういうこと」

日本の子どもが外国のおうちへ行って、そこで生活をさせてもらうのがホームステイじゃなかったっけ？

でも、わたしが外国へ行くなんて、今はありえない。

ルナママは、テーブルの上に置いたわたしの手に、自分の手を重ねた。

「とつぜんのことだから、びっくりするかもしれないけど……」

そこで、ことばがとぎれた。
どきどきした。
わたしはすでに、じゅうぶん、
びっくりしているんだけど、
もっとびっくりするようなことばが
出てくるのかな。
「……つぐみちゃんのおかあさんがね、
事情《じじょう》があって、おひとりになったみたいで、
それで、つぐみちゃんを引き取って、
いっしょに暮《く》らしたいって、
おっしゃっているそうなの」
まさか！

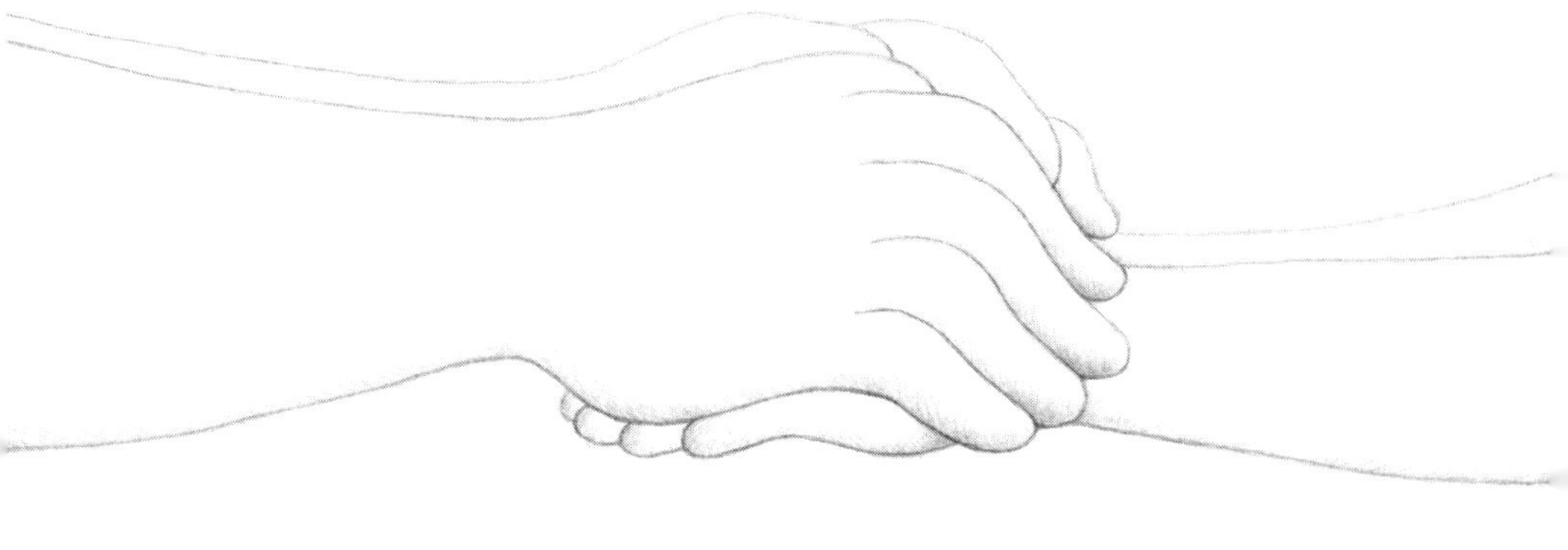

「そんなこと、とつぜん言われても、びっくりしちゃうでしょ？　だから、とりあえず、夏休みに一ヶ月ほど、おかあさんのおうちで、いっしょに暮《く》らしてみて、そのあとのことは、つぐみちゃんに決めてもらったらどうかしらって、福祉事務《ふくしじむ》所《しょ》の人が……」

ちっともいい話じゃない。悪い話だ、これは。

なずなちゃんをまねて、英語《えいご》で言うなら「ベリー・バッド」な話。

とんでもない話。

福祉事務所《ふくしじむしょ》の人っていうのは、わたしをルナママのおうちに連れてきてくれた人だから、顔となまえは知っている。

けれど――。

おかあさんって？

それって、だれのこと？

おひとりになったって、どういうこと？

わたしを引き取りたいって、意味、わかんない。

わたしの頭のなかは、こんがらがっている毛糸のかたまりみたいになっている。

その糸をほぐすようにして、ルナママは言った。

「わたしもね、お目にかかったけど、とってもすてきな方よ、つぐみちゃんのママって」

つぐみちゃんのママ？

思わず、わたしは声をあげた。

「ちがうよ、ルナママ。わたしのおかあさんって、ルナママだよ。ほかには、いないよ。どうして、そんなこと言うの。ルナママがわたしのおかあさんだよ。世界でたったひとりのママだよ」

「それは……わかってる。よくわかってる。ありがとうね。つぐみちゃんのママでいられるのは、とてもうれしいこと。だけどね、琴音《ことね》さんは、つぐみちゃんの、ほんとうの」

ほんとうの、おかあさん？

コトネさん、って、だれ。

いつだったか、教室で、いじわるなクラスメイトから言われたことばを思い出す。思い出したくもないのに。

――森野《もりの》さんの家族は、ほんとうの家族じゃないと思います。

「ちがう！　そんなのちがう！　絶対《ぜったい》ちがう！　やだ、行かない。ホームステイになんて、行かない！」

気持ちとことばがごちゃごちゃになって、涙《なみだ》になって、流れてきた。

情《なさ》けない。

わたしは強い女の子だったはずなのに。

幸せの青い鳥

もの心がついたときから、おかあさんは、いなかった。
おとうさんがずっと、わたしを育ててくれた。
おとうさんが死んでしまったあとは、おばあちゃんが「おかあさん」だった。
おばあちゃんの話によると、わたしを産《う》んだ人は、わたしが赤ん坊《ぼう》だったとき、
おとうさんと別れて、別の人と結婚《けっこん》して、別の家庭を作ったってことらしい。
「琴音《ことね》さんっていうのよ。つぐみちゃんのおかあさんのなまえ」
そんな人、わたしのおかあさんじゃない。
産《う》んだとしても、子どもを育てないのは、ママじゃない。

つばめだって、卵《たまご》を産《う》んで、育てる。

だから、つばめのママなんだと思う。

「でもね、つぐみちゃん、琴音《ことね》さんがつぐみちゃんを産《う》んでくれたから、つぐみちゃんはここで、こうして、生きているのよ。たいせつな人なの。だから、きらったり、いやがったり、憎《にく》んだりするのは、よくない。おかあさんには、おかあさんのご事情《じじょう》があったと思うの。だから」

そんなこと、言われても、困《こま》る。とっても困《こま》る。

困《こま》る、困《こま》る、困《こま》る。いやだ、いやだ、いやだ。

そんな思いをことばにしたら、こんなふうになった。

「ルナママが、わたしのほんとうのママなんだもん。なずなちゃんと、まりあちゃんと、まさのりくんは、ほんとうのきょうだいだし、ここがわたしのほんとうのおうちで、みんながわたしのほんとうの家族なんだもん」

それでもわたしは、ホームステイに行くことにした。

行かないと、ルナママが困《こま》った立場に立たされる、というような説明《せつめい》を、福祉《ふくし》事務所《じむしょ》の人から聞かされたから。

ルナママを困《こま》らせるようなことは、してはいけない。

だから、行くことにした。

わたしを産《う》んだという人の家で、一ヶ月だけ、いっしょに暮《く》らしてみることにした。

「ミーシャも、連れていっていい？」

おとうさんが亡《な》くなったあと、おばあちゃんが公園で拾《ひろ》ってきたミーシャは、わたしのたいせつな家族。行くなら、ミーシャといっしょに行きたい。

ルナママは、首を横にふった。

「動物は、おきらいなんだって」

もうそれだけで、その人のこと、好《す》きになれそうもないって思った。

めそめそ泣《な》きながら、旅行かばんとリュックサックに、下着や洋服を詰《つ》めこんでいると、まりあちゃんが声をかけてくれた。

「これ、お守りとして、持っていって」

差し出されたものは一冊《さつ》の本。タイトルは『青い鳥』――。

「あ、このお話、絵本で読んだことがある」

チルチルとミチルが、ダイヤモンドのついたぼうしをかぶって、幸せの青い鳥をさがしに行く物語。保育園に通っていたころ、おばあちゃんに、読んでもらった。

「あたしも絵本で読んだよ。でもこれは、あたしがおこづかいで買った文庫本《ぶんこぼん》。

大人向けかもしれないけど、ぜんぶ、劇《げき》の台詞《せりふ》になってるから、つぐみちゃんもすらすら読めるよ。読むと、楽しいよ」

ぱらぱらっとページをめくってみると、登場《とうじょう》人物の紹介《しょうかい》が書かれていて、そこには、かばや、うさぎや、馬や、牛や、おおかみや、ひつじや、ぶたも出てくる。おんどり、やぎ、ろば、熊《くま》も。

こんなにたくさん、動物が出てくるお話だったっけ。

それから、登場《とうじょう》人物として「幸福」も出ている。

しかも、たくさんの、いろんな種類の幸福たち。

チルチルとミチルは、ぼうしについているダイヤモンドを回して、思い出の国へ、夜の国へ、森の国へ、そして、最後に未来の国へ行くってことは覚えているけれど、こまかいことは忘れてしまっている。

思い出の国で、せっかく見つけた青い鳥が黒い鳥に変わってしまって、そのあとも、見つけたと思った青い鳥は、死んでしまったり、ちがう色になってしまったりする。

最後の最後に、青い鳥は見つかるんだったっけ。

思い出せない。

「この本を読むと、わたしの幸せの青い鳥が見つかるのかな」

わたしは、小さな青い文庫本《ぶんこぼん》をかばんに入れた。

「まりあちゃん、ありがとう。夏休みのあいだに、読んでみるね。お守りにするよ」

あれ？

まりあちゃんからの答えがかえってこない。

まりあちゃんは、うつむいて、涙《なみだ》をこらえている。めったに泣《な》いたりしない、まりあちゃんなのに。

幸せは何色

チルチル　ぼくのうちにも「幸福」がいるの？（「幸福」たちはまた笑い出す）

幸福　みんな聞いたろう。この人のうちにも「幸福」がいるかだってさ。小さなおばかさん。あなたのおうちは、戸や窓が破れるほど「幸福」でいっぱいじゃありませんか。ぼくたちは笑ったり、歌ったりしてるんですよ。壁がふくらみ、屋根が持ち上がるほどたくさんの喜びをこしらえてるんですよ。でも、いくらやっても、あなたは見もしなければ、聞きもしないんですからね。これからはもう少しおりこうさんになってくださいよ。そろそろ、ぼくたちの中の有名なものと握手してくださいよ。そうすれば、おうちへ帰ってからも、かんたんにぼくたちを見つけられるでしょうから。そうすれば、やがて一日のよい日の終わりに、ぼくたちにほほえみかけてはげましてくれたり、やさしい言葉で感謝したりもできるようになるでしょう。なぜってぼくたちは、あなたがやすらかな楽しい生活を送れるように、ほんとにできるかぎりのことをしてるんですから。

ベッドのなかで、わたしはさっきからずっと、まりあちゃんからもらった『青い鳥』を読んでいる。

登場《とうじょう》人物の「幸福」の台詞《せりふ》を読んでいると、いつのまにか、幸福の声が、としょかんのサンタのおにいさんの声になっている。

サンタのおにいさんは、幸せの色について、わたしに語りかけてくる。

「青空の幸福は、青い色をしている。森の幸福は、緑色。春の幸福は、エメラルド色。雨の日の幸福は、真珠の色。冬の幸福は、紫色のマントを開いて、凍えた手をあたためてくれる」――。

きっと、おにいさんが『青い鳥』を演《えん》じたら、わたしたちに、色とりどりの幸せを連れてきてくれるんだろうな。

幸せって、何色なんだろう。

十二色のクレヨンみたいに、いろんな色が集まっているんじゃないかな。

ああ、早く、ルナママたちが住んでいる町に戻《もど》って、みんなといっしょに、星空としょかんへ行きたい。

ミーシャにも会いたい。どうしているかな、ミーシャ。

マルコにも会いたい。ああ、みんなに会いたいよ。

あそこには、わたしの幸福がある。

きらきら光る、星空みたいな幸せ。

と、そのとき、トントン、トントンと、ノックの音がして、部屋のドアをあけて、なかに入ってきた人がいた。

琴音《ことね》さん。

わたしは琴音《ことね》さんといっしょに電車に乗って、この町のこの家へやってきた日からずっと「琴音《ことね》さん」って呼《よ》んでいる。

「ママって呼《よ》んで」

って、初めて会ったその日に頼《たの》まれたけど、わたしは黙《だま》っていた。

すなおに、そう呼《よ》べなかった。

だって、知らない人から、とつぜん「ママって呼《よ》んで」って言われたって無理。

なずなちゃんもまりあちゃんもまさのりくんも「無理だね」って言ってた。

「もう寝《ね》てた？」

ママと呼《よ》べない人は、ベッドのそばに立って、わたしにたずねた。

「ううん、本、読んでた」

「どんな本？」

答えなかった。教えたくなかった。

「つぐみちゃんは、本が好《す》きなの」

「ふつう、かな。まりあちゃんは本が大好《だいす》きだよ」

わたしはなぜか、まりあちゃんからもらった文庫本《ぶんこぼん》を、琴音《ことね》さんに見られたくなくて、胸《むね》のなかに隠《かく》している。

「あした、いっしょにお買い物に行こうね。ショッピングモールへ行って、つぐみちゃんのほしいもの、なんでも買ってあげる。洋服でも、バッグでも、くつでも、なんでも」

なんにも買ってほしくない、って、言いたかったけど、言わなかった。

かわりにこう言った。

「おやすみなさい」

わたしは目を閉《と》じた。

もうこれ以上《いじょう》、おしゃべりしたくないって思っていた。

琴音《ことね》さんは、部屋から出ていった。

ドアを閉《し》める前にちらっと、わたしのほうをふりかえった。

わたしは寝《ね》たふりをしていた。

琴音《ことね》さんは、やさしい人だと思っている。

悪い人じゃない。今は、知らない人ではない。

いい人だと思う。お金持ちみたいだ。仕事は、会計士なんだって。毎日、おうちで、数字と、にらめっこしながら、むずかしそうな仕事をしている。

仕事をしているすがたは、すてきだと思う。

でも、好《す》きにはなれない。

やさしい気持ちがわいてこない。
何をしてもらっても、
あんまりうれしくない。
おいしそうなケーキも買ってくれたけど、
食べてみると、ちっともおいしくなかった。
ケーキはね、
買うものじゃなくて、作るもの。
わたしの気持ちは、ひんやりと、つめたい。
ルナママへの気持ちを虹色《にじいろ》だとすると、
琴音《ことね》さんへの気持ちには、
どんな色もついていない。
これって、幸せの色じゃない。

星のピラミッドケーキ

あした、夏休みが終わります。

きのう、わたしは、ことねさんのおうちの近くにある公園へ行ったとき、川のそばで、つばめの大きなむれを見ました。空の一部が黒くなっているように見えるほど、たくさんのむれでした。

あのつばめたちはきっと、これから、日本を出発して、とうなんアジアへ帰っていくのでしょう。あのむれのなかに、としょかんで生まれた五わもいるのかな。

わたしもこれから、じぶんの家に帰ります。

これから秋になると、寒い国から日本へわたってくるわたり鳥がいます。

わたしは、秋のわたり鳥のかんさつもしたいと思います。


そこまで書いてから、わたしは「つばめとつぐみのダイアリー」を閉《と》じると、かばんに入れた。

まりあちゃんにもらった『青い鳥』も入れた。

もちろん、最後まで読んだ。

むずかしいことばもあったけど、おもしろかった。

青い鳥をさがしに行ったチルチルとミチルは、長い旅をして、家に戻《もど》ってきてから、青い鳥を見つける。

それまで家にいた白い鳥の色が、青色に変わっているのを発見する。

ということは、幸せっていうのは、最初から、じぶんのおうちのなかにあるってことになるのかな。

これって、わたしとおんなじだな。

わたしの幸せは、ルナママと、なずなちゃんと、まりあちゃんと、まさのりくんといっしょに暮《く》らしている、あの家のなかにある。

ほんとうの家族と暮《く》らしている、あたたかいおうちのなかに。

これが、夏休みのホームステイで、わたしの見つけた青い鳥。


「つぐみちゃん、お帰りなさーい」

たくさんの「お帰りなさい」がわたしを出むかえてくれた。

英語《えいご》の得意《とくい》ななずなちゃんは、

「Welcome Home!」

って言って、ハグしてくれた。

ウェルカムホーム！　の意味は、やっぱり「お帰りなさい！」なんだって。

きょうは九月の最初の日曜日。

月曜日は、ルナママのお誕生日《たんじょうび》。

午後、みんなで、特大《とくだい》のケーキを焼《や》いた。

名づけて「星のピラミッドケーキ」――。

ケーキになまえをつけたのはまりあちゃんで、ケーキのデザインをしたのはまさのりくん。

わたしたち、プラス、子どもたち全員で作った。

とちゅうで、ルナママにも手伝ってもらった。星の形をした容器《ようき》から、焼《や》き上がったケーキの生地《きじ》を抜《ぬ》きとるのが、すごくむずかしかったから。

「まあ、こんな、みごとなケーキをよく考えたものだわ」

ルナママは、とてもうれしそうだった。

大・中・小の星の形をしたケーキが三段《だん》に重なっていて、いちばん上には、これも星の形をした、金色のクッキーがのっかっている。

クッキーには、チョコレートで文字が書かれている。

クッキーのまわりには、色とりどりのろうそくが立っている。

ルナママは四十五歳《さい》だから、ろうそくは4＋5で九本。

「わーきれい。でっかい、すごい、光ってる！」

ルナママは、子どもみたいに大歓声《だいかんせい》を上げた。

「こんなケーキを見るのも食べるのも、生まれて初めてよ」

きらきら光っているケーキを目の前にして、わたしのひとみもきらきら。

三段《だん》のケーキは下から、バナナケーキ、チョコレートケーキ、チーズケーキ。

ルナママの言ったとおりだ。

こんな、ぜいたくなケーキ、見たことも、食べたこともない。
おなかがぐるるるるって鳴った。
マルコとミーシャもやってきて、テーブルのまわりをうろうろしている。
何か楽しいことが始まりそうって、わかってるみたい。
「さあ、みんな、そろったかな」
なずなちゃんが言った。
これから、ろうそくの火を、ルナママがふーっと吹《ふ》いて消《け》す。
あ、でも、あとひとり、メンバーが欠《か》けている。
「遅《おそ》いね、何してるんだろう。遅刻《ちこく》だね」と、まりあちゃん。
「きっとそのうち、暖炉《だんろ》の煙突《えんとつ》から入ってくるよ」と、なずなちゃん。
「郵便屋《ゆうびんや》さん、日曜だから、お休みなのかな」と、まさのりくん。

みんなでぶつぶつ
言っていると、
ダイニングルームの
ドアが、ばーんとあいて、
「まいどまいど、
遅《おそ》くなりました。
宅配便《たくはいびん》の
お届《とど》けでーす！」
　星空としょかんのおにいさんは、
きょうは、宅配便《たくはいびん》のおにいさんになっている。
「ルナママさまに、つばめファミリーからのお届《とど》けものでございます」
「ご苦労《くろう》さまでーす」

まず、わたしが包《つつ》みを受け取って、しっかりと胸《むね》に抱《だ》きかかえた。

包《つつ》みはそれほど大きくないけれど、ずっしりと重い。

なかには、何が入っているのだろう。

想像もつかない。

なんだろう。

わくわくする。

『青い鳥』の登場《とうじょう》人物のひとり「幸福」の台詞《せりふ》を、わたしは思い出す。

——みんなが目をあけて見さえすれば、どこのうちだって毎日日曜日みたいなものですよ。

それから、うしろのほうに出てくる「光」の、こんな台詞《せりふ》も。

光　いい子だから泣かないで、わたしは氷のような声は持っていないし、ただ音のしない光だけなんだけれど、でも、この世の終りまで人間のそばについていてあげますよ。そそぎ込む月の光にも、ほほえむ星の輝きにも、上ってくる夜明けの光にも、ともされるランプの光にも、それからあなたたちの心の中のよい明るい考えの中にも、いつもわたしがいて、あなたたちに話しかけているのだということを忘れないでくださいね。（壁の後で八時を打つ）ほら、時計がなってます。さようなら。扉が開きますよ。おはいり、おはいり、おはいり。

おまけの日記

十二月になりました。

うちでは毎年、十二月にクリスマスパーティをひらきます。

今年はそのとき、みんなで『青い鳥』のげきをえんじることになりました。

わたしはミチル、まさのりくんはチルチルです。

「光」のようせいは、なずなちゃんで、まほうつかいのおばあさんは、まりあちゃんです。

「幸福」は、サンタのおにいさんがえんじます。

おにいさんは「まほうつかいのおばあさんになりたい」と言いましたが、まりあちゃんが「あたしは、ぜったいまほうつかいがいい」と言いました。

まりあちゃんには、たしかに、まほうつかいが、にあっています。

これから、みんなで、せりふのれんしゅうをします。


わたしは冬でも毎日、庭に出て、小鳥のかんさつをしています。

小鳥には、だれも、さわることができません。

だから、小鳥がすきです。

小鳥はいつだって、自由に空を飛べます。

だから、小鳥がすきです。

ルナママは、たんじょう日にサンタのおにいさんからもらった、ぶあつい本みたいなノートに、毎日、詩を書いています。毎月じゃなくて、毎日。

ノートの最後まで書いたら、三百六十五へんの詩集ができあがりそうです。
クリスマスパーティに、ことねさんをしょうたいすることにしました。
ことねさんは、わたしのおかあさんではないけれど、ルナママが言ったように、
わたしにとって、たいせつな人なのかな、と思えるようになってきました。
わたしの気持ちにも、少しずつ、赤い色がついてきたのかな、と思います。
春が来たら、緑色のつぼみが赤くなる、チューリップみたいです。
そのころになったらまた、としょかんへ行ったとき、つばめファミリーのかん
さつをしようと思います。
きっときっと、また会えるよね。

この作品は書き下ろしです。作中に登場する人物や施設は、実在の人物や施設とはいっさい関係がありません。引用した文章の原典は以下の通りです。

『青い鳥』
メーテルリンク 作　堀口大學 訳
（新潮文庫）

作者
小手鞠るい
こでまり・るい

1956年生まれ。小説家。大人向け、児童向け、ともに著書多数。現在、ニューヨーク州の森のなかで暮らしている。なずなちゃんと同じように、動物が大好き。猫語が理解できる。まりあちゃんと同じように、本を読むこととお話を書くことが大好き。そして、つぐみちゃんと同じように、お菓子を作ることが大好き。でも、まさのりくんと違って、絵をかくのは苦手。「星空としょかん」シリーズ全4巻をぶじ送り出すことができて、とても幸せ。感想のお手紙、お待ちしています。

画家
近藤未奈
こんどう・みな

多摩美術大学美術学部絵画学科卒業。2018年、第40回講談社絵本新人賞を受賞し、『まよなかのせおよぎ』でデビュー。その他の絵本の作品に『わたあめ』（講談社）がある。東京都在住。

装幀
城所潤
JUN KIDOKORO DESIGN

星空としょかんの青い鳥

2024年 9月26日　第1刷発行
発行者　小峰広一郎
編集　山岸都芳
発行所　株式会社 小峰書店
〒162-0066 東京都新宿区市谷台町4-15
電話 03-3357-3521　FAX 03-3357-1027
https://www.komineshoten.co.jp/
作者　小手鞠るい
画家　近藤未奈
印刷所　株式会社三秀舎
製本所　株式会社松岳社

NDC 913　P94　20cm　ISBN978-4-338-31908-9　©2024 Rui Kodemari, Mina Kondo Printed in Japan

乱丁・落丁本はお取り替えいたします。本書の無断での複写（コピー）、上演、放送等の二次利用、翻案等は、著作権法上の例外を除き禁じられています。本書の電子データ化などの無断複製は著作権法上の例外を除き禁じられています。代行業者等の第三者による本書の電子的複製も認められておりません。

『星空としょかん』シリーズ

小手鞠るい 作
近藤未奈 絵

各巻定価
（本体1200円+税）

悲しい涙が
笑顔にかわる！

星空としょかんへ
ようこそ

星空としょかんの
ジュリエット

星空としょかんの
王子さま